# Uffz.–ROB Johannes Schmude

## Infanterie-Regiment 89

AF285417

Ab 18. September 1944
Kriegsgefangner der US-Army
Nr. 31G 545 896

Johannes Schmude

# Wie ich im 2. Weltkrieg Amerika entdeckte

## Impressum

Bibliografische Information der Deutschen Nationalbibliothek:
Die Deutsche Nationalbibliothek verzeichnet diese Publikation in der Deutschen Nationalbibliografie; detaillierte bibliografische Daten sind im Internet über http://dnb.dnb.de abrufbar.

© 2021

Lektorat: Vorname Name oder Institution
Korrektorat: Vorname Name oder Institution
weitere Mitwirkende: Vorname Name oder Institution

Herstellung und Verlag: BoD – Books on Demand, Norderstedt

ISBN: 978-3-7534-2378-4

# Wie ich Amerika entdeckte

Ich beginne meine Geschichte mit einem Ereignis, bei dem ich dem Tod buchstäblich ins Auge blicken musste. Dieser Tod hatte die Gestalt der Mündung einer 10,6 Zentimeter Kanone eines Sherman Panzers, der ca. 50 Meter von mir und meiner Schützengruppe entfernt Stellung bezogen hatte und – ein Ziel suchend – seine Kanone langsam hin und her schwenkte. Wobei ich jedes Mal, wenn ich mich genau in der Ziellinie befand, in das schwarze Loch des Kanonenrohrs blicken musste. Jeden Moment darauf gefasst, dass der Richtschütze den Schuss auslösen könnte. Der mit Sicherheit zu erwartende Volltreffer würde dann keinen Fetzen von mir übrig lassen. Jedoch schlugen die Granaten stets in einiger Entfernung nur links oder rechts von mir ein, wobei mich drei Splitter der Geschosse in den Beinen und an der linken Hand trafen. Mehrere Kameraden in meiner Nähe hatte es schlimmer erwischt. Einer schien tödlich getroffen worden zu sein, andere schwer verwundet.

Für die Amerikaner war der Widerstand nun gebrochen. Die Infanterie rückte heran und nahm das, was von uns noch übrig war, gefangen. Nach einer Weile tauchte ein gepanzerter Sankra[1] mit Rotem Kreuz auf, um uns Verwundete aus der Kampfzone abzutransportieren. Dabei wurde kein Unterschied zwischen Amerikanern und Deutschen gemacht. Mich platzierte man draußen auf dem Fahrzeug. Wohl um sicher zu gehen, nicht beschossen zu werden. So lag ich also festgekrallt im Tarnnetz des Fahrzeugs mit den schmerzenden Wunden an meinen Gliedmaßen. Hoffend, bei dem hohen Tempo des Sankras nicht herunter geschleudert zu werden. Denn das Fahrzeug musste immer wieder Hindernissen ausweichen, Granattrichter umfahren und ständig die Richtung wechseln. Verirrte Geschosse pfiffen immer wieder beängstigend nahe vorbei. Ich weiß nicht, wie lange die Fahrt gedauert hat. Sie endete jedenfalls nach einer gefühlten Ewigkeit auf einem Hauptverbandsplatz der Amerikaner, wo man immer noch den Waffenlärm der Frontlinie hören konnte.

Ein GI[2] befreite mich aus dem Tarnnetz, wobei er anerkennend die Worte „Poor chap" äußerte. Ein freundlicher Empfang, auch die Organisation betreffend wurde kein Unterschied zwischen

---

[1] militärischer Sanitätskraftwagen
[2] einfacher Soldat der Streitkräfte der Vereinigten Staaten von Amerika

8

Freund und Feind gemacht. Zuerst die schwer Verwundeten, dann die leichteren Fälle: Registrierung, Versorgung, Aufteilung auf Krankenzimmer, die aus großen barackenähnlichen Zelten bestanden. Ich fand mich neben dem Bett eines weißen Amerikaners zur Linken und dem Bett eines schwarzen Amerikaners zur Rechten wieder. Ein merkwürdiges Gefühl rief diese Mischung von Soldaten auf so engem Raum hervor, die noch vor wenigen Stunden ihre Waffen aufeinander gerichtet hatten. Nun fanden sie sich als Schicksalsgenossen wieder und versuchten sogar persönlichen Kontakt zueinander aufzunehmen. Ich bin heute noch davon überzeugt, dass sich in dieser Situation Niemand dem Gedanken der Sinnlosigkeit eines Krieges verschließen konnte.

Wohl keiner von uns schlief ruhig in dieser Nacht. Jedes Geräusch an der Zeltwand ließ uns hochschrecken. Deutlich vernahm man den Kampflärm von der weit entfernten Frontlinie. Immer wieder schob sich der Gedanke ins Bewusstsein, nun kein Soldat der Deutschen Wehrmacht mehr zu sein, sondern Kriegsgefangener. Abgeschnitten von jeglicher Verbindung zur Heimat, zu den Angehörigen daheim, die nun irgendwann über das Rote Kreuz die Benachrichtigung erhalten würden, dass der

Sohn an der Westfront vermisst gemeldet werden musste. Immerhin eine Nachricht, die noch darauf hoffen lässt, dass er bei den Westmächten in Gefangenschaft gekommen ist.

Der Morgen brachte endlich Erlösung von den Grübeleien. Genügend Ablenkung bot natürlich auch unser neues Milieu. Da war die amerikanische Krankenschwester, die *„Nurse"* in ihrem attraktiven *„Look"* wie aus Hollywood. Toll geschminkt und gutsitzende Kleidung. Was uns störte, war der Helm auf ihrem Kopf. Wie sie das schwere Ding wohl aushielt? Bald aber erfuhren wir, dass dieser Helm aus Pappe war und bedingt zur Dienstkleidung gehörte.

Eine regelrechte Überraschung war das Frühstück, das für alle die halbwegs laufen konnten, auch mit Hilfe von Krücken, in der *„Messhall"* eingenommen wurde. Ein großes Zelt mit Tischen, Sitzbänken, dem *„Steamtable"* mit den verschiedenen Töpfen für Porridge, Fried Eggs, Bacon, Red Beans und vielem mehr. Uns gingen die Augen über bei dem Angebot an Esswaren. Dann standen dort Kannen mit Milch, Kakao, Bohnenkaffee, verschiedenen Arten von Juice, Brot verschiedener Sorten, Bananen und andere Südfrüchte. Ein wahres Schlaraffenland für den deutschen Landser, der

10

sich bei seiner Truppe mit dem berühmten Kommissbrot, häufig Margarine statt Butter und Vierfrucht-Marmelade zufriedengeben musste. Natürlich dachten wir, dass diese guten Bedingungen hier nur in amerikanischen Lazaretten gegeben waren. Später konnten wir uns aber überzeugen, dass dieses Verpflegungsniveau Standard für alle Truppenteile der US-Army war und auch für Kriegsgefangene galt. Letzteres jedenfalls bis Kriegsende.

Auch das Mittagessen ließ nichts zu wünschen übrig. Und zu unserem weiteren Erstaunen tauchte am Nachmittag auch noch eine Schwester des amerikanischen Roten Kreuzes auf, die mit ihrem Bauchladen von Bett zu Bett ging und allerlei Leckereien anbot. Selbstverständlich auch uns deutschen Kriegsgefangenen. Ich löste mit der Äußerung meines Wunsches große Heiterkeit bei den „Ami-Kameraden" aus, weil ich nach *„Shaving-gum"* statt nach *„Chewing-gum"* verlangte. Die Vokabel für Kaugummi hatten wir im Englischunterricht an der Penne wohl nicht gelernt. Hier doch noch eine Bemerkung zur Verpflegung. Mir ist wohl bekannt, dass es diese märchenhaften Verpflegungsbedingungen in den riesigen Gefangenenlagern der alliierten Truppen in Deutschland, in England aus unterschiedlichen

Gründen nicht mehr gab. An anderer Stelle werde ich darauf zurückkommen.

An medizinischen Behandlungen passierte mit uns an diesen ersten Tagen nichts weiter, denn die noch mit gleicher Stärke verlaufenden Kampfhandlungen sorgten für reichlich Nachschub an Verwundeten. Schon am dritten Tag wurden wir Hals über Kopf in ein großes Lager für verwundete deutsche Kriegsgefangene abtransportiert und bereits einen Tag später verlud man uns auf freiem Feld in Eisenbahnwagen, die uns in wenigen Stunden nach Paris in ein riesengroßes Spital brachten. Bewacht wurden wir weiterhin von Ami-Soldaten und die medizinische Betreuung oblag dem französischen Krankenhauspersonal. Aus war es hier mit der guten Verpflegung und der freundlichen Betreuung. Die französischen Schwestern machten keinen Hehl daraus, dass sie uns „boches" hassten. Verständlich war das ja nach den Jahren der Willkür unter deutscher Besatzung. Wer konnte schon wissen, was ihnen im einzelnen durch Deutsche widerfahren war. Hier war nun eine Gelegenheit es ihnen heimzuzahlen. Sie rächten sich jetzt auf ihre Weise. Die leicht Verwundeten wurden von ihnen zu Hilfsdiensten herangezogen, wie Bettpfannen leeren und säubern und so weiter. Ich wurde für eine Nacht dazu bestimmt, am Bett eines sterbenden Kameraden etwa im gleichen Alter wie ich Wache zu halten, ihn ab und zu mit einem Schluck Wasser zu versorgen, zu verhindern, dass er im Fieberwahn das Bett verließ, den diensttuenden Arzt zu benachrichtigen, wenn sein Atemstillstand eintrat. Diese Nacht werde ich mein Leben lang nicht vergessen, zumal es die Nacht vor meinem 20. Geburtstag war.

Zum Glück wurden wir nach zwei Wochen Aufenthalt an diesem ungastlichen Ort erneut verlegt. Die Reise nahm auf einem großen Pariser Bahnhof ihren Anfang. Unsere Kolonne aus Verwundeten, von denen viele an Krücken oder Stöcken gingen, wurde in der Bahnhofshalle von einer wild johlenden Menge französischer „Patrioten" empfangen und mit Steinen beworfen. Da aber die uns bewachenden amerikanischen Posten den Geschossen ebenfalls ausgesetzt waren, mussten sie etwas unternehmen. Wir staunten nicht schlecht, als sie kurzentschlossen ihre Maschinenpistolen gegen die Decke richteten und einige Salven abgaben. Panikartig stob der Mob auseinander und wir konnten friedlich mit unseren Bewachern in die bereitstehenden Pullman-Wagen einsteigen. Wir hatten unsere Lehre nun weg und machten uns auf allen Bahnhöfen, auf denen der

Zug hielt, so klein wie möglich, um nicht den Zorn der französischen Patrioten herauszufordern. Fast einen Tag waren wir unterwegs, bevor wir in der Normandie in Cherbourgh ausgeladen und mit Sanitätsfahrzeugen zu unserm Bestimmungsort transportiert wurden. Nach dem Lazarettaufenthalt in Paris kamen wir uns hier in der offenen Landschaft der Halbinsel Cherbourgh vor wie in der Sommerfrische. Wie ein großes Dorf verteilten sich die Unterkunftszelte des Lazaretts auf den Feldern zwischen den noch saftig grünen Kniggs, die dem Terrain etwas Parkähnliches verliehen. Es muss etwa in der zweiten Oktoberhälfte gewesen sein. Die Luft war noch recht mild und die Tage meistens sonnig. Ich erinnere mich noch, dass manchmal, wenn es im Zelt recht stickig geworden war, die Seitenteile desselben hochgerollt wurden und wir dann ein Sonnenbad in unseren Betten liegend genießen konnten. Da es hier nur amerikanisches Sanitätspersonal gab, erinnerte uns recht bald nichts mehr an die deutsche Wehrmacht.

Die Sanis und Schwestern waren geradezu nett und freundlich zu uns. Die Zeltstation war mit 20 verwundeten Patienten belegt. Zur Pflege standen tagsüber zwei Schwestern und ein Sanitäter zur Verfügung. Die Nachtwache machten gewöhnlich eine Schwester und ein Sani. Das Zelt wurde wie in einem Hospital mit „*Ward*" bezeichnet und hatte außer unseren Betten mit Nachtschränken in Zeltmitte einen großen Schrank und einen Tisch, auf dem die medizinische Ausrüstung gelagert war. Alles machte einen ordentlichen Eindruck. Da gab es nichts auszusetzen. Von Organisation verstanden die Amis eine Menge. Auch an einer gesunden Pflichtauffassung uns Gefangenen gegenüber und an soldatischer Disziplin untereinander und den uns vorgesetzten Diensträngen gegenüber konnte man durchaus nichts aussetzen. So lasch die äußere Disziplin in der US-Army gehandhabt wurde, so gewissenhaft war die Pflichtauffassung und Ausführung von Befehlen. Wir als gefangene Verwundete kamen dabei ganz gut weg. Ich fragte mich manchmal, ob wir wohl bei unseren eignen Leuten in einem deutschen Lazarett ebenso gut aufgehoben wären. Mindestens jeden zweiten Tag erhielten die Bettlägerigen unter uns eine Rückenmassage gegen das „Durchliegen". Diese war natürlich sehr beliebt bei uns jüngeren Männern, wenn die Finger einer jungen Frau unsere nackte Haut berührten. Bei mir machte sich die Schwester die Mühe, die vom vielen Marschieren gebildete Hornhaut unter meinen Fußsohlen abzuweichen. Ich hatte jedenfalls durchaus nicht den Eindruck, dass wir Kriegsgefangenen im Vergleich zu den Angehörigen der eigenen Truppe medizinisch schlechter versorgt wurden. Ein Beispiel dafür ist mir der Einsatz von Penicillin, das damals als teures Wunder-Medikament galt. Ich selber bekam 12 Spritzen verpasst, was bei meiner Art von Verwundung sicherlich nicht nötig gewesen wäre. Im Bett gegenüber lag ein Kamerad mit einer schweren Verwundung. Ihm war fast die gesamte rechte Gesichtshälfte weggeschossen worden, die hier nun langsam mit Transplantationen wiederaufgebaut wurde und dann mit einer Hautübertragung abgedeckt werden sollte. Dieser Kamerad hat an die 100 Penicillin-Spritzen verordnet bekommen. Man wusste schon gar nicht mehr, wo die nächste Spritze auf seinem Körper angesetzt werden sollte.

Apropos Hautübertragung: Offensichtlich waren die amerikanischen Ärzte hier sehr am Experimentieren interessiert. Auch ich sollte meine breitflächige Narbe an der rechten Wade verschlossen bekommen. Ich erinnere mich noch, wie ich eines Tages kurz vor dem Mittagessen von der Schwester ins OP-Zelt transportiert wurde, dort sogleich eine Narkosespritze verpasst bekam und beim Wegdämmern das Gesicht der sehr hübschen

Schwester für mich die Züge der damals sehr beliebten deutschen Filmschauspielerin Ilse Werner annahm. Von dieser beabsichtigten Hautübertragung konnte man wohl sagen *„ohne Spesen – nichts gewesen".* Denn als ich nach zwei Stunden in meinem Bett im heimatlichen Ward wieder aufwachte, hatte ich zwar zu meinem Leidwesen das Mittagessen verpasst, eine OP hatte allerdings auch nicht stattgefunden. Das Objekt war für die Wissenschaft dann doch wohl zu wenig interessant gewesen.

Unsere Belegung an deutschen Kameraden in dem Ward war recht friedlich, wir gehörten meist den jüngeren Jahrgängen an. An Mannschaftdienstgraden gab es nur ein paar Unteroffiziere wie auch ich einer war und niemand von uns wollte dem anderen etwas zu befehlen haben. Wir waren untereinander sogar recht gesellig und offen zueinander, was den Krieg betraf. Wir wussten, dass er verloren war und sprachen sogar darüber, was denn nun die Zukunft Deutschlands sein würde. Nur wenn die Amis, darunter besonders unser Stationsarzt, uns herausforderten, taten wir noch so, als ob der Krieg für die Alliierten noch lange nicht gewonnen sei und prahlten mit der mysteriösen Geheimwaffe der Nazis. In Wirklichkeit glaubten wir aber selber nicht daran. Vielleicht taten wir es auch nur aus Langeweile und weil es uns zu gut ging. Es ritt uns manchmal sogar der Übermut, wenn wir Hitler, Göbbels und Göring in ihrer Sprechweise und ihrem Gehabe nachäfften. Irgendwie hatte sich das auch bei den Amis herumgesprochen, denn sie kamen öfter und wollten die Nazibosse reden hören. Dafür spendierten sie uns dann Zigaretten. Bald hatten auch wir Spaß an diesen *„Theatervorstellungen"* gefunden. Wir hatten mittlerweile sogar ein kleines Programm zusammengestellt unter dem Motto *„Reichsparteitag".* Die Vorstellung begann damit, dass wir alle den *„Badenweiler Marsch"*[3] geräuschvoll und zackig intonierten. Danach ließen wir Joseph Göbbels den Parteitag mit den Worten eröffnen: „Mein Führer, das deutsche Volk steht fest verschlossen hinter ihnen .... Usw. usf." Unser Göbbelssprecher war Rheinländer und konnte Göbbels täuschend ähnlich in seiner Redeweise imitieren. Dann trat natürlich der Führer nach langen Beifallsbekundungen der Vertreter des Reichstages (wir in unsern Betten) auf wie etwa: „Männer des deutschen Reichstags, Volksgenossen und Volksgenossinnen, ich bitte Sie, sich von Ihren Plätzen zu erheben, um der vor der

---

[3] Lieblingsmarsch des Führers

18

Feldherrenhalle gefallenen Parteigenossen ehrenvoll zu gedenken." Darauf folgten dann die gebrüllten Hasstiraden gegen die englischen Plutokraten usw. bis die zuhörenden Amis genug hatten. Uns fiel jedenfalls zur eigenen Belustigung immer wieder Neues ein. Ich muss gestehen, aus heutiger Sicht war das reichlich geschmacklos. Es zeugt aber auch davon, dass wir damals nichts aber auch gar nichts von dem verbrecherischen System der Nazis begriffen hatten. Nur unser Stationsarzt versuchte uns immer wieder ins Gewissen zu reden und uns den Begriff *„Demokratie"* zu erläutern. Das hatte aber wegen der mangelhaften Sprachbeherrschung auf beiden Seiten so seine Schwierigkeiten. Ein Beispiel habe ich heute noch parat.

Stationsarzt (mit dem typischen amerikanischen Drawl in der Aussprache): „Bei uns in Amerika könnt ihr dem Präsidenten auf die Schulter hauen und sagen: Du bist ein Dummkopf!" Wir: „Und was passiert dann?" Stationsarzt: „Na nothing, wenn Du Recht hast!"

Aber ich muss betonen, unser Arzt war auch so eine Art verständnisvoller Kamerad, dem unsere Zukunft nicht gleichgültig war. Oft schaute er uns an und sagte in „seinem" Deutsch die Worte: „Ein

Auge, ein Herz und eine Hand – und alles für der Vaterland (kurze Pause) und für der Führer! Ihr Dummköpfe!!"

Inzwischen war es kälter geworden. Ich lief schon längst nicht mehr an Krücken und benutzte einen „Cane" (Krückstock). Im Ward bullerte der Koksofen und verbreitete eine gemütliche Atmosphäre. Ziemlich gut auszuhalten für uns, wenn nicht die Nazis zu unserer und vor allem zur Überraschung der Amis die Ardennen-Offensive mit einem ziemlich großen Anfangserfolg gestartet hätten. Vorübergehend gerieten die Amis jedenfalls in Panik, die auch auf unser Lazarett übergriff obwohl, der Kriegsschauplatz ja ziemlich weit entfernt lag. Plötzlich und für einige Zeit waren wir für unsere Bewacher und Bewahrer wieder zum Feindbild geworden. Wir merkten es am Ton uns gegenüber und an Vorsichtsmaßnahmen, wie zusätzlicher Bewachung. Es hätte ja noch Patrioten unter uns geben können, die sich zu den neuen deutschen Linien hätten durchschlagen wollen, um erneut am Kampf um den Endsieg teilzunehmen. Aber diese Stimmung ging fast so schnell vorüber wie sie gekommen war. Die deutsche Offensive scheiterte an der Übermacht der Feinde. Das Lazarett musste stark beräumt werden wegen der vielen Verwundeten, die die Ardennen gebracht hatten.

So gehörte ich mit einer ganzen Anzahl von Kameraden zu denen, die auf Transport nach England gingen. Recht wehmütig nahm ich Abschied von diesem Ort der Ruhe. Die hübsche Schwester unseres Wards schenkte mir zu meiner Überraschung ein wunderschönes Foto von sich, das ich dann die nächsten Jahre bei mir trug und das mir bei Filzungen stets unangenehme Fragen einbrachte. Mit einem LKW wurden wir nach Cherbourgh gefahren. Zu unserm Erstaunen war die Stadt wenig zerstört. Das hatte man in Deutschland ganz anders berichtet. Noch am gleichen Tag wurden wir auf eine Eisenbahnfähre verladen. Das entsprach so gar nicht einem Transport für Verwundete. Wir mussten nämlich auf dem blanken Stahlboden zwischen den Eisenbahnschienen ohne jegliche Unterlage oder Decke liegen.

Die Überfahrt über den Kanal begann noch in den Abendstunden des gleichen Tages. Aus unbekannten Gründen wurden wir in Southampton erst 24 Stunden nach dem Anlegen ausgeschifft. Die ganze Zeit über hatte man uns ohne Wasser und Verpflegung gelassen. Die Stadt Southampton machte ebenfalls keinen zerstörten Eindruck. Mit der Bahn ging es nun nach Oxford in ein Stations-Hospital der US-Army. Angeblich sollten wir von hier aus gleich weiter in die Staaten transportiert werden. Am zweiten Tag erfolgte ein Appell. Ein US Mayor machte uns auf die militärischen Pflichten eines Kriegsgefangenen aufmerksam, dass wir weiterhin den deutschen wie auch den amerikanischen Diensträngen Disziplin und Gehorsam zu erweisen hätten. Er schloss mit den Worten, dass wir dankbar sein müssten. Denn die Amerikaner behandelten uns nicht so wie die deutschen Offiziere es taten, sondern wie Menschen.

Auch in den nächsten Tagen tat sich nichts. Weder bezüglich Transport, noch inspizierte man unsere Verwundungen. Wir lungerten rum oder wurden mit dem Säubern des Territoriums beschäftigt. Aus Langeweile ging ich gelegentlich in die Bibelstunde eines deutschen Militärpfarrers. Er sagte, dass die Bibel den Weltuntergang ankündigt, weil die Menschen sündigten und mordeten. Wie er es sagte, zielte er damit auf dem Nationalsozialismus.

Neue trafen ständig im Lager ein. Wie es schien, kamen sie so ziemlich auf direktem Weg von der Front. Was sie berichteten, klang entsetzlich. Ihre Einheiten wurden innerhalb von drei Tagen aufgerieben. Keine deutschen Flugzeuge mehr in der Luft, keine Panzer, keine Artillerie. Und die

Wunderwaffe des Führers liess immer noch auf sich warten. Dazu die pausenlosen Luftangriffe auf die wehrlosen Städte. Bald würde sich unser Volk verblutet haben. Unter den neu Eingetroffenen waren auch einige vom Infanterieregiment 89. Ich erfuhr, dass sämtliche Kompanien aus dem Angriff, wo ich dabei war, nur in Zugstärke herausgekommen waren, dass die 12. ID aber am 17 November noch existiert hatte. Ich machte mir viele Gedanken, vor allem aber auch über Deutschland, unser Vaterland, und das Wesen des Nationalsozialismus, in dessen Geist wir erzogen worden waren. Zweifel, ob wir Deutschen, die Nazis, vor allem nicht doch im Unrecht waren, traten immer häufiger auf. Offen darüber zu sprechen, war noch nicht üblich. Es gab noch zu viele Fanatiker unter uns aber die Gedanken begannen zu bohren. Regelmässig wurden die Lager-Insassen von amerikanischen Offizieren verhört. Wobei es sich auch darum handelte, Auskünfte über Industrieanlagen oder militärische Objekte am Heimatort des Verhörten zu erfahren, um lohnende, kriegswichtige Ziele für die Bombardierungen der alliierten Bomberstaffeln herauszubekommen. Wer solche Auskünfte gab, galt bei den Kameraden als Verräter und wurde geächtet, und nicht selten wurden solche

Kameraden an irgendeiner Stelle im Lager tot aufgefunden. Diese „Femejustiz" liess sich insofern rechtfertigen, weil sich Deutschland immer noch im Kriege befand.

Was uns Landser natürlich am meisten interessierte war die Verpflegung. Nicht schlecht aber viel zu wenig, hieß es. Mittags einen Teller Suppe ohne Fleisch und morgens und abends eine Scheibe Brot mit einer Art Aufstrich und Tee. Wie hätte es auch anders ein können bei dem Bedarf von etwa 20.000 Gefangenen am Ort. Wenig erfreulich war natürlich auch die Unterkunft. Die freien Betten, die uns Neuankömmlingen in den Nissenhütten zugewiesen wurden, hatten natürlich die schlechteste Lage. Beispielsweise an der Tür oder unter dem einzigen (meist undichten) Fenster. Natürlich waren wir durch die guten Bedingungen im Hospital verwöhnt, ich möchte sagen verweichlicht. Das legte sich, je länger wir diesen neuen Bedingungen ausgesetzt waren. Wir waren noch jung und deshalb zäh, was uns sicherlich geholfen hat.

Sicherlich waren die ersten Nächte nicht angenehm. Schon der aus Sicherheitsgründen beleuchtete Raum, dann die diversen Geräusche der Schlafenden, die harte Matratze und die aufgewühlte Seele verhinderten einen ruhigen Schlaf überhaupt. Das Frühstück am Morgen war wirklich so dürftig, dass sich der Gang zur Speisebaracke kaum lohnte. Danach folgte der für uns im Hospital auch nicht übliche Zählappell in der Morgenkälte mit Kommandos dabei, die wir ja schon lange nicht mehr gehört hatten. Kurz, es war deprimierend. Besonders die Vorstellung, dass dies nun alle Tage so sein würde. Diese ersten Tage in dem Lager werde ich nie vergessen. Bis auf eine Stunde Mittagsruhe war der Aufenthalt für uns in der Unterkunft verboten. Das heißt wir mussten etwa drei Stunden am Vormittag und noch einmal drei Stunden am Nachmittag auf dem Lagergelände Runde für Runde drehen. Da wurde jede von der Norm abweichende Kleinigkeit zum Ereignis, das lebhaft diskutiert wurde. Das konnte das Auftauchen von amerikanischen Offizieren im Camp sein oder es traf plötzlich ein Trupp neuer Kameraden ein oder es roch in der Nähe der Küche anders als sonst. Es gab genug Anlässe für irgendwelche sinnlosen Gespräche.

Für mich war wichtig, dass ich versuchte an Kameraden Anschluss zu finden. Als Einzelgänger war es einfach nicht auszuhalten. Ich hatte Glück und schloss mich an eine Clique rheinländischer Kameraden an, die ich meistens über etwas debattieren sah. Einer von ihnen war schon etwas älter, er hätte gut mein Vater sein können. Sein Name war Albert. Es dauerte nicht lange bis ich heraus hatte, was ihre Gedanken so sehr beschäftigte. Sie sprachen über Politik, über etwas, woran ich noch gar nicht gedacht hatte, nämlich über eine zukünftige Parteienlandschaft in Deutschland. Freilich waren mir noch aus meiner frühen Kinderzeit Parteien einigermaßen im Gedächtnis haften geblieben. Die SPD, die KPD, die Zentrumspartei. Darunter waren Erinnerungen an Fackelzüge, an Schlägereien, blutrünstige Parolen (*„Und willst Du nicht Genosse sein, so schlag ich Dir den Schädel ein! Lieber rot als tot!"* usw.). Nach Hitlers Machtergreifung gab es dann ja nur noch eine Partei, die NSDAP. Das nationalsozialistische Regime sorgte dafür, dass die Erinnerungen an all diese Parteien der Vergangenheiten verblassten, was sich natürlich in meiner Altersklasse ganz schnell vollzog. Wohl nicht so bei den älteren Jahrgängen, wie ich hier im Gefangenenlager feststellen musste. Ich konnte ja nicht mitreden, hörte aber umso eifriger zu und achtete auch darauf, wie die verschiedenen Gesprächsteilnehmer sich äußerten. Da gab es einige, die einfach nur darauf los schwatzten und offensichtlich keine Ahnung von den Programmen

26

dieser Parteien besaßen. Nicht so der vorhin schon erwähnte Albert. Wenn er etwas sagte, dann klang das überzeugend. Er konnte Zusammenhänge darstellen, überzeugende Beispiele für seine Darlegungen anführen und verwendete Begriffe aus der Politik, die mir neu waren und neue Gedankengänge bei mir auslösten. Als ich einmal mit ihm allein meine Runden drehte, klärte er mich auf, dass er führendes Mitglied der SPD gewesen war und nach Hitlers Machtübernahme von den Nazis eine Weile allerlei Schikanen zu erdulden hatte. Er wollte nach der Entlassung aus der Gefangenschaft unbedingt wieder in die Politik gehen und an der Erschaffung eines demokratischen Deutschlands beteiligt sein. Er sagte mir ganz offen, dass er in dieser Hinsicht auch versuchte, über die amerikanischen Verhöroffizieren Kontakt zu bekommen, um möglichst gleich nach Hitlers Niederlage aus der Gefangenschaft entlassen zu werden, um in Deutschland politische Aufbauarbeit leisten zu können. Das stand völlig im Gegensatz zu mir, der bei jedem der Verhöre den Wunsch äußerte, in die USA transferiert zu werden, um an Ort und Stelle zu erfahren, wie man die viel gerühmten Ideale der Amis „Freedom and Democracy" auf Deutschland übertragen könne. Dennoch verstand ich Albert recht gut in seinem Bestreben und sah ein, dass Deutschlands Zukunft zum großen Teil von solchen Männern wie Albert abhängen würde. Die Freundschaft mit Albert war jedenfalls der Auslöser für mein Interesse an der Politik überhaupt. Ein erbitterter Gegner Alberts in diesen Wortgefechten war ein Altersgenosse von ihm, der den Sozialdemokratismus verachtete und auf die Überlegenheit des Kommunismus schwor. Viel begriff ich damals von den Unterschieden noch nicht, wollte mich aber damit beschäftigen. Die Zeit verging schneller als gedacht und Kriegsweihnacht 1944 war da. Von Seiten der amerikanischen Lagerleitung wurde dieses Fest ignoriert. Keine Extrarationen, keine Vergünstigungen. Ich ging wenigstens in den Gottesdienst um in Gedanken bei meinen Lieben daheim zu sein und mich durch die traditionellen Worte des Pfarrers darauf zu konzentrieren, dass es noch etwas anderes gab als die gegenwärtige Trostlosigkeit. Während der Predigt erschienen vor meinem inneren Auge meine Lieben und die Erinnerungen an die Weihnachtsfeste mit ihnen. Alles letztlich in der bangen Frage mündend, wie es ihnen heute ergeht würde, und ob sie überhaupt noch lebten.

Noch im alten Jahr ging es wieder mal auf Transport und auch diesmal wurden wir enttäuscht.

Wir wurden erneut vor einem riesigen Lager ausgeladen. Ein sogenanntes A-Lager in dem angeblich die Transporte in die USA zusammengestellt wurden. Zunächst aber wurden wir gründlich gefilzt. Lange schaute sich der Corporal das Foto von meiner Krankenschwester aus Texas an, steckte es dann aber zu meiner Erleichterung mit der anerkennenden Bemerkung „pretty good" zurück.

Die Unterkunft hier erwies sich als sehr schlecht. Es gab nur Klappliegen, keine Decken und der Raum war eiskalt. Ich tat die erste Nacht kein Auge zu. In der zweiten Nacht noch einmal dasselbe. So verging Woche um Woche, immer wieder gingen Transporte ab, nur ich war leider nicht dabei. Dafür war ich aber schon dreimal verhört worden. Jedes Mal hatte ich den Wunsch geäußert, mich in Zukunft mit Politik gegen die Nazis beschäftigen zu wollen. Am besten in den Staaten selbst. Aber das schien auch keinen Eindruck auf die Amis zu machen. Ich hatte kein schlechtes Gewissen dabei, mich quasi anzubiedern. Im Vordergrund für mich stand immer die Frage, wie es mit Deutschland weitergehen sollte. Es müssten doch neue Kräfte da sein, die die Führung in unserem Land übernehmen sollten.

Am 19. Februar 1945 wurde ich endlich in das Lager versetzt, von dem die Transporte abgehen. Ende Februar wurde auch ich einem solchen Transport zugeteilt, und eines Morgens ging es per Truck ab nach Southampton, wo wir auf einen Truppentransporter verladen wurden. Das Schiff gehörte der Liberty-Klasse an. Ein im Schnellverfahren zusammengeschweißter Zweckbau von etwa 8 000 BRT, der notwendig geworden war, weil die deutschen U-Boote zu viele Transportschiffe der Amis versenkten. Im Schiffsleib gab es riesige Räume mit 10-stöckigen übereinander liegenden Schlafpritschen. Nichts sonst außer einer sehr breiten Stufenanlage, die nach oben führte, über die die Insassen dieses Raums sehr schnell an Deck gelangen konnten. Übrigens war dort gleich hinter der letzten Stufe unsere Bewachung mit Maschinengewehr postiert, damit keiner so leicht auf die Idee kommen könnte, das Schiff zu erobern und auf eigenen Kurs zu steuern. *„Den Deutschen ist alles zuzutrauen!"*

Ich bezog die oberste Liege, wollte den Blick wenigsten nach oben frei haben. Es verging doch eine ganze Zeit, bevor es losging, denn wir fuhren im Geleitzug. Transportschiffe in der Mitte und ringsum Zerstörer als Schutz gegen deutsche U-Boote. Schließlich ging es los, der Geleitzug musste wohl gerade den Kanal verlassen und die offene See erreicht haben, als unser Schiff von Explosionen ganz in der Nähe fürchterlich erbebte. Sofort brach eine Panik aus, die meisten sprangen aus ihren Kojen, verletzten sich dabei gegenseitig. Die Posten oben an der Treppe gaben kurze Feuerstöße aus ihren Tommyguns ab, um uns zu beruhigen. Die nächsten Explosionen lagen weiter weg von unserm Schiff, es hörte sich nicht mehr so gefährlich an. Dann war der Spuk vorbei. Da war es doch tatsächlich einem U-Boot Kapitän gelungen, sein Boot in Schussposition zu bringen. Er hätte ja auch uns erwischen können, seine Kameraden. Wie sagte doch unser Arzt im Ami-Lazarett immer? „C'est la guerre!" Da hatten wir doch noch einmal ein paar Sekunden Todesangst erlitten. Ich hatte mir in diesen Sekunden auch drastisch vorgestellt, wie die recht primitiv geschweißten Schiffswände ohne direkten Treffer, allein von dem Wasserdruck hätten bersten können. Nicht auszudenken, die hereinbrechen Wasserflut durch die zerrissene Schiffswand. Von da an verlief die Fahrt aber ohne weitere „Feindberührung".

In den ersten Tagen litten die meisten von uns unter Seekrankheit. Auch mich hatte es an einem Tag schlimm erwischt. Eine Abwechslung am Tage waren die zwei Essengänge. Es gab meistens das gleiche Gericht aus Konserven: Hash – eine Art durchgedrehtes Fleisch mit Gemüse und Kartoffeln, außerdem Kekse, Wurst und Käse, und dazu reichlich zu trinken. Es war ausreichend. Ab dem dritten Tag mussten wir auch für ein paar Stunden an Deck, frische Luft schnappen. Es war noch reichlich kühl, immerhin erst Anfang März und es herrschte eine lange Dünung, die gewöhnungsbedürftig war. Man sollte am besten nicht Horizont und Schiffsdeck gleichzeitig im Blickfeld haben. Die Tage vergingen und am 12. Tag tauchten dann die ersten Möwen auf. Der amerikanische Kontinent musste also ganz in der Nähe sein. Beim nächsten Decksgang war es dann soweit. Wie es nicht besser sein konnte, hatte sich schönstes Frühlingswetter mit blankem Sonnenschein eingestellt. Ich werde dieses Bild nicht vergessen: Im Hintergrund die Skyline von Manhattan, Staten Island bereits hinter uns. Backbords erhob sich hoch in die Lüfte die Freiheitsstatue und rings um unser Schiff Boote und Hafenfähren mit jubelnden Menschen, die ihre aus dem europäischen Krieg heimkehrenden *„Boys"* begeistert willkommen hießen. Ich muss es gestehen, ich fühlte mich in dem Moment nicht als der Feind. Ich war vielmehr mit den Menschen froh über deren Wiedersehen mit der Heimat. So ein

Wiedersehen würde es für mich lange nicht geben, falls überhaupt. Zum Grübeln blieb dann Gott sei Dank nicht viel Zeit. Irgendwann lag unser Schiff an einem Pier, und die Ausschiffung ließ nicht lange auf sich warten. Gleich sollten wir ein Beispiel von Organisation erleben, wie wir es noch nicht kannten. Wir mussten eine Zehner-Reihe bilden, erhielten einen Seesack für die Klamotten, die wir ausziehen mussten, und dazwischen erfolgte im amerikanisch gefärbten Deutsch der Hinweis, keine Ledersachen, also Schuhe und Hosenträger, in den Sack zu tun. Das alles geschah in der Bewegung nach vorn, wo für jede Reihe ein Paar Schwarze mit einer überdimensionalen Haarschneidemaschine standen und jedem mit nur zwei Bahnen eine Vollglatze scherten. Der nächste Posten bestand aus zwei Sanitätern, die eine kurze „Health-inspection" machten. Danach standen wir plötzlich in einer großen Halle unter Duschen, die in mehreren Wirkungsweisen bei uns für einen sauberen Körper sorgten. Gleich beim Verlassen dieser Halle fand jeder von uns seinen Seesack mit den gereinigten Klamotten wieder. Wer den Hinweis auf die Ledersachen überhört oder nicht mitbekommen hatte, fand seine Schuhe oder Stiefel nur in Kindergröße wieder. Jeder zog so gut es ging, das an, was er noch in seinem Beutel vorfand.

Schon standen wir auf einem Bahnsteig vor einem Zug mit Pullman-Wagen, die wir sogleich besteigen mussten. Inzwischen war es dunkel geworden, von der Fahrt in Richtung Norden konnten wir nicht viel sehen. Dafür gab es ein Abendbrot bestehend aus gut belegten Sandwiches und als Getränk stark gechlortes Wasser aus einem im Wagen angebrachten Behälter für Passagiere.

Gegen Morgen verteilten die Posten wieder Sandwiches, während draußen an uns die Landschaft vorüberflog: Wald, endloser Wald. In welchem Staat mochten wir uns befinden? Wir tippten auf einen Staat im Norden. Wir wurden aber bald von weiterem Nachdenken erlöst, denn der Zug hielt auf der *Railwaystation* der Stadt Carlisle in Pennsylvania. Nun wussten wir, wo wir waren. Vor dem Bahnhof standen schon die Militär-Trucks für unseren Transport. Wir fuhren nicht weit aber immer durch Waldgelände. Schließlich hielten wir vor einem großen von Stacheldraht umgebenen Areal. Unsere neue Unterkunft. Wir mussten uns zur Begrüßung aufstellen und erfuhren, dass wir in dem Prisoner of War Camp Nummer XYZ waren, wo wir bis zu unserer weiteren Aufteilung und Versetzung bleiben würden. Unsere Unterkünfte waren Holzbaracken und machten einen weitaus besseren Eindruck als die Nissenhütten in England. Rings um unser Lager dehnte sich dichter Nadelwald aus, die Luft schmeckte nach Natur und Frühling, und ich war irgendwie gelassen und froh. Neugierig, wie sich die Dinge hier weiter entwickeln würden. Ich musste mir immer wieder sagen, dass ich nun auf dem amerikanischen Kontinent war, fern von Europa, fern von Krieg und Zerstörung. Was mir jetzt noch fehlte, war eine Nachricht von meinen Eltern und meiner Schwester. Aber es würde noch sehr lange dauern, bis ich erfahren würde, ob sie das Kriegsende überhaupt erlebt hatten. – Das Camp war nicht sehr groß, beherbergte vielleicht 400 PoW, die auch in Abständen wechselten. Der deutsche Lagerführer hatte den Spitznamen „Carl May". Er war von kleiner Gestalt, trug eine recht schäbige deutsche Uniformjacke ohne Rangabzeichen, ansonsten sah er mehr nach Zivilist aus. Wie man hier wusste war er von Beruf Zirkusartist gewesen, war wohl in der ganzen Welt herumgekommen und beherrschte ein Dutzend Sprachen. Jeder hier sprach von ihm respektvoll. Das Besondere an diesem Lager war auch, dass hier Mannschaften und Offiziere nicht getrennt worden waren, jede Kategorie hatte ihre gesonderte Unterkunft, die anderen Einrichtungen (Speisebaracke, Waschräume, Toiletten u.a.) wurden gemeinsam benutzt. Ein besonderes Spektakel bot hier der Morgenappell (die Zählung). Wir mussten im Karree antreten und es wurde an den amerikanischen Lagerchef gemeldet. Danach ertönte aus dem Wachhäuschen vom Grammophon die amerikanische Nationalhymne, zu der wir im Stillgestanden, mit der rechten erhobenen und ausgestreckten Hand (Hitlergruß, der nach dem Attentat auf Hitler auch für die deutsche Wehrmacht befohlen worden war) militärisch grüßen mussten. Wer mochte das wohl angeordnet haben? Irgendwie herrschte in diesem Lager ein ganz besonders korrekter Umgangston den Gefangenen gegenüber. Die Posten schnauzten nicht, verbreiteten keine Hektik, es war, als hätte sich dieses Lager der Natur ringsum angepasst. Und noch etwas geschah für uns Neue unerwartet. Wir erhielten Taschengeld. Eine Art Gutscheinheft, womit wir in der Kantine einkaufen konnten: Toilettenartikel, Schokolade, alkoholfreie Getränke, Kaugummi, Zigaretten und mehr. Ich glaube, es entsprach dem Wert von zehn Dollar. Wir waren glücklich darüber. Tagsüber gab es sogar kleine

Arbeitskommandos, die das Gelände von altem Laub befreien sollten und auch andere Arbeiten zur Pflege des Geländes machten. An den Zaun kamen tagsüber sogar Tiere des Waldes, Rehe und vor allem Waschbären. Sie hatten sich an diese menschliche Nachbarschaft gewöhnt, nahmen von uns sogar Futter an.

Nach etwa drei Wochen ging wieder ein Schwung PoW auf Transport, unter denen auch ich mich befand. Diesmal war es eine lange Reise. Die Kolonne bestand aus fünf Trucks mit Gefangenen und etlichen Begleitfahrzeugen mit unserer Bewachung. Eine extra Bewachung bildeten schwere Motorradgespanne, die die Kolonne von den Seiten unablässig kontrollierten. Dabei wurde ein hohes Tempo gefahren. Es war durchaus nicht bequem in den Trucks auf den wackligen, nirgends befestigten Holzbänken, die sich in jeder Kurve selbständig machen wollten. An Aussicht blieb uns nur die hintere Öffnung. Wer weiter davon entfernt saß, konnte fast nichts von der Umwelt sehen, zumal je nach Beschaffenheit der Straßendecke der aufgewirbelte Staub ins Innere des Trucks gewirbelt wurde. Dazu der Lärm der auf vollen Touren laufenden Motoren. Es war keine angenehme Reise und im Zug mit den Pullman-Wagen wären wir lieber gefahren. Zum Glück war gutes Wetter denn bei Regen wäre es bei weitem noch schlimmer gewesen. Irgendwann nach Stunden passierten wir eine Grenze, an der auch eine Kontrolle und eine Zählung stattfanden. Danach passierten wir einen Fluss. An der Grenzstation erfuhren wir, dass wir gleich in den Staat Virginia einreisen würden. Leider war niemand von uns so bewandert, dass er uns den Namen des Flusses nennen konnte. Die halbe Strecke aber hatten wir geschafft, wie uns die Posten verrieten. Stunden später sahen wir ein Straßenschild mit der Aufschrift Richmont / Virginia. Dann dauerte es nicht mehr lange, bis wir Stacheldrahtzäune erblickten und dahinter zweistöckige Holzbaracken. Die typischen US-Kasernenbauten. Lahm von dem stundenlangen unbequemen Sitzen, fielen wir mehr von den Trucks als dass wir abstiegen. Empfangen wurden wir von den Rufen der Kameraden, die schon länger hier lebten: Wo kommt Ihr her? Wo seid ihr geschnappt worden? Wie steht es an der Front? Wann wart ihr das letzte Mal zu Hause? Stehen die Städte überhaupt noch? Sind Sachsen unter Euch? Berliner? Bayern? Aber aus einer Unterhaltung wurde zunächst natürlich nichts. Das militärische Kommando *„Achtung!"* ließ uns erst einmal aufmerken. Hier war ja noch so etwas wie

*„preussische Zucht"*. Und wir hatten uns nicht getäuscht. Das zackige Kommando: *„In Linie zu drei Gliedern antreten, marsch, marsch!"* zwang uns murrend, den Befehl auszuführen. Als wir dann halbwegs in Formation standen, ertönte die laute Stimme der Person vor der Front, indem er sich als Lagerführer Oberfeldwebel Stöss vorstellte und uns mitteilte, dass hier noch Disziplin und Ordnung herrschen, dass den Dienstgraden mit dem *„deutschen Gruß"* die ihnen zustehende Ehrenbezeigung zu erweisen sei und im Übrigen hier die Amerikaner nichts zu sagen hätten. Dies sei ein Lager unter deutscher Führung. Weitere Ausführungen über die Lagerordnung und über Disziplinarmaßnahmen folgten bevor er das Wort einem amerikanischen Sergeanten übergab. Den Beginn von dessen Rede sowie sein perfektes Deutsch mit betont lässigem amerikanischen Tonfall *(drawl)* habe ich noch heute wortwörtlich im Gedächtnis: *„Deutsche Kriegsgefangene, ihr seid hier in einem Gefangenenlager der USA, wo nur unsere Militärgesetze gelten. Die Feme und der Heilige Geist werden nach amerikanischen Gesetzen strengstens bestraft. Wir erwarten von Euch guten Willen und totale Abkehr von der Nazi-Ideologie und dem preußischen Kadavergehorsam. Euer künftiges Vorbild ist die amerikanische Demokratie. Der Krieg ist*

*für Euch verloren und ein für alle Mal aus!"* In diesem Sinne ging es dann noch weiter. Wir waren recht verdattert und gespannt, wie wohl die Praxis in diesem Lager aussehen würde.

Allerdings merkten wir von den Spannungen zwischen deutscher und amerikanischer Lagerleitung nicht viel. Die Unterkünfte waren gut und sauber, wir hatten richtige Betten mit Matratzen und Steppdecken, es gab drei reichliche Mahlzeiten. Was wollten wir denn mehr. Auch legten wir unsere inzwischen recht zerschlissenen Uniformen ab und tauschten sie gegen die bequemen Klamotten der amerikanischen GI's. Das war für uns schon fast Zivil, wenn auch auf jedes Stück mit Hilfe einer Schablone und Ölfarbe die Initialen PoW[4] gemalt werden mussten. Die alten Hasen taten das Gleiche mit Zahnpasta, sie ließ sich im Bedarfsfall entfernen. Was aber wäre der Bedarfsfall? Die Flucht? Es gab wohl niemanden, der ernsthaft daran dachte, solange das Reich noch im Kriegszustand war.

Wie es aussah, musste man sich wohl auf eine längere Zeit hier in Amerika einstellen. Auch wenn der Krieg zu Ende sein sollte, würde es wohl kaum

---

[4] Prisoner of War

40

eine schnelle Entlassung geben. Dafür gab es genug Gründe. Ob man an diesem Ort lange bleiben würde, war auch ungewiss, denn hier befand sich das Durchgangslager. Man wusste ja nicht, wie viele PoWs noch über den großen Teich kommen würden. Wie man uns erzählte, waren ganz in der Nähe weitere Camps als Arbeitslager. Dazu gehörte ganz bestimmt nicht ein besonderes Lager, mit dem wir hier Zaun an Zaun lebten. Es beherbergte ebenfalls deutsche Kriegsgefangene, und zwar nur Unteroffiziersränge, alle in dem Khaki des Deutschen Afrikakorps gekleidet und mit Orden und Ehrenzeichen dekoriert. Es gab sogar einen Ritterkreuzträger unter ihnen. Sie unterhielten sich mit uns in überheblicher Weise, hielten sich für etwas Besseres, ohne Hehl gaben sie uns zu verstehen, dass wir Deutschland schlecht verteidigt hätten, wir hätten die Amis niemals so weit vordringen lassen dürfen. Wir waren für sie so eine Art Verräter. Kameraden, die schon länger in unserm Camp waren, spotteten über sie und wussten zu erzählen, dass die meisten der Orden dieser Kameraden von geschickten Leuten in Blei nachgemacht worden, die Originale dagegen an die Amis gegen Zigaretten verhökert worden waren. Das sah diesen Angebern unserer Meinung nach ähnlich. Nun war es an uns, sie als Supernazis

41

anzusehen. Eines Tages wurde ich auf die Schreibstube gerufen, wo mich der amerikanische Mayor fragte, ob ich nicht in den Stamm aufgenommen werden wollte, sie brauchten noch jemand, der in der Schreibstube arbeitet. Ich sagte sogleich zu, denn mit diesem Posten hatte ich eine Beschäftigung, und die Zeit würde schneller vergehen. Weiterhin hoffte ich nun auch, mehr Kontakt zu Amerikanern zu bekommen, um mein Englisch zu verbessern und auch sonst eventuelle Vorteile für meine Zukunft erschließen zu können. So zog ich also in die Baracke, in der der Stamm wohnte, aß auch nicht mehr mit den Massen und war nun, wo ich zu der Verwaltung gehörte, natürlich besser über alles, was mit dem Lager zu tun hatte, informiert. Es stellte sich heraus, dass es auf der Schreibstube nicht sehr viel zu tun gab. Es gab Stoßzeiten, wenn Neuankömmlinge zu erwarten waren oder Transporte zusammengestellt wurden. Dann hieß es Listen schreiben auf Teufel komm raus. So war ich bald ein guter Typist geworden, was mir noch Jahre später sehr nützlich war. Manchmal beauftragte mich der amerikanische Mayor mit Botengängen zu Lagern in der Nähe. Ich war somit eine Vertrauensperson, der man nicht zutraute abzuhauen. Und wohin auch? Dadurch erweiterte ich auch mein Wissen um diese Örtlichkeit. Im Großen gesehen handelte es sich um eine riesige Militärbasis der US-Army und US-Navy. Die hier in den verschiedenen Lagern stationierten deutschen Kriegsgefangenen wurden für eine Reihe von Dienstleistungen in Vorratslagern, Großwäschereien und Großküchen eingesetzt.

Mittlerweile war es April geworden. Es war angenehm warm und jeden Tag sonnig. Dennoch war keiner so recht bei Stimmung. Die Kriegslage hatte sich zugespitzt. Jeden Augenblick konnte Berlin im verzweifelten Kampf gegen die Rote Armee fallen. Im Süden und Westen rückten die Amis und ihre Verbündeten unaufhaltsam vor. Warum kapitulierte Deutschland nicht endlich? Jeden Tag gab es neue Opfer auf beiden Seiten und bei der Zivilbevölkerung. Der letzte Transport an PoW spiegelte besonders deutlich den Zustand der Truppen wider. Sie waren nicht nur körperlich ausgemergelt, sie zeigten auch in ihrer moralischen Haltung, dass sie nur noch unter dem Druck der Befehle mitgemacht hatten. Die Hälfte der letzten Neuzugänge scharrte sich um ihren robusten Anführer, der ständig Parolen des Widerstands und Ungehorsams herausbrüllte. Wir hatten große Sorge um Ruhe und Frieden im Camp. Vertreter der Lagerleitung berieten mit den Amis, wie die

Ordnung aufrecht zu erhalten sei. Man beschloss, schon am nächsten Tag durch Versetzung in verschiedene Camps den Haufen Meuterer auseinander zu reißen.

Nun schien das Ende doch nahe zu sein. Die Nachricht von Hitlers Selbstmord erfuhr zuerst die Lagerleitung durch die Amerikaner. Ich erinnere mich an den Abend des 30. April. Hauptfeldwebel Stöß rief das Stammpersonal in die Verwaltungsbaracke und verkündete unter Tränen die offizielle deutsche Version vom *„Heldentod Adolf Hitlers im Kampf gegen die Bolschewistischen Horden"*. Ich hatte den Eindruck, dass die meisten von uns erleichtert waren, weil man nun auf ein schnelles Ende des Krieges hoffen konnte. Außerdem waren wir nun rein formal von unserem Fahneneid auf Hitler entbunden. Dennoch gab es im Lager noch genug solcher unermüdlichen Hitler-Anhänger, die sichtlich schwer mitgenommen waren von der Nachricht über das Ende Hitlers. Als Beispiel erwähne ich hier den Selbstmord eines schon älteren Kameraden aus München, der sich noch in derselben Nacht in den Stacheldrahtzaun stürzte und von den Posten erschossen wurde.

Endlich dann am 8. Mai kam die große Erlösung. Im internen Kreis gab Oberfeldwebel Stöß mit tränenweicher Stimme die Nachricht von der Kapitulation Deutschlands bekannt und dass wir nun alle gut daran täten, die Demokratie zu erlernen, die wir ja hier täglich erlebten. Er jedenfalls wäre dankbar dafür, dass er hier die Demokratie kennengelernt habe, dass er sie mit nach Hause nehmen würde, und er würde jedem von uns zu einem Gleichen raten. Kaum zu glauben, dass es derselbe Mensch war, der noch vor einigen Tagen auf den Hitlergruß im Lager bestanden hatte. Er und sein Dolmetscher kamen dann auch bald in ein Umschulungslager und von dort nach Deutschland aber sicherlich nicht nach Chemnitz zu den Russen, der Heimatstadt der beiden.

Wiederum begann eine Zeit der Ungewissheit. Schon zwei Wochen später wurde das Basecamp aufgelöst, und wir wurden alle in die umliegenden Arbeitslager aufgeteilt. Ich bekam auch gleich einen Job im Navy-Hospital und sollte zwei Kameraden bei der Pflege der Gartenanlagen beaufsichtigen. Als Unteroffizier war ich nämlich nicht verpflichtet selber zu arbeiten. Das war langweilig. Meine Arbeiter verteilten sich auf Anlagen von mindestens zwei Meilen Länge. An beiden Enden dieses Abschnitts gab es Küchen. Für mich der Start- und Endpunkt meiner Kontrollgänge. In den Küchen ließ ich mir von den freundlichen Schwarzen Getränke geben, auch für meine Arbeiter, parlierte auf Englisch so gut ich konnte und ließ den lieben Gott dabei einen guten Mann sein. Außerdem hatte ich mit einem jungen Navy-Soldaten Freundschaft geschlossen. Von ihm erfuhr ich viele Fakten zu Land und Leuten der USA sowie zur politischen Lage. Denn wir erhielten immer noch keine Zeitungen. Mein junger Freund war hier im Hospital zur Behandlung unter der Diagnose „Headcase". Solche Fälle wurden hier als Massenerscheinung behandelt. Das waren Soldaten, die angaben, unter Schock zu stehen und deshalb dienstunfähig zu sein. Man unterstellte ihnen, sich vor einem Einsatz gegen die Japaner im Pacific-Krieg drücken zu wollen. Da war sicherlich etwas dran. Mein Freund verschwand dann auch aus meinem Gesichtsfeld. Als Andenken gab er mir einen Silberdollar, den ich auch durch die nächsten Jahre der Gefangenschaft bewahren konnte- Im Jahre 1949 wurde er dann gegen zwei Eheringe aus Silber eingetauscht.

*Als Kellner in der Offiziersmesse des Army-Hospitals in Fort Eustis Va. USA anlässlich eines Treffens der American Red Cross Organisation.*

Ich blieb im Navy Hospital, bekam aber einen neuen Job. Ich wurde Kellner in der Offiziersmesse. Das war genau der richtige Job, denn als Strafmaßnahme wurde uns im Lager die Verpflegungsration drastisch heruntergesetzt. Auf meinem neuen Arbeitsplatz war aber Schlaraffenland pur, so dass ich meine Lagerverpflegung sogar noch meinen Kumpels vermachen konnte. Wir arbeiteten in zwei Schichten, ich in der ersten, Frühstück und Mittagessen. In der Messe wurden die Offiziere und Krankenschwestern, die alle einen Offiziersrang hatten, verpflegt. Leiter der Einrichtung war ein Sergeant, das Küchenpersonal bestand aus Schwarzen. Sie alle waren Zivilisten und waren mit uns solidarisch, weil sie meinten, auch Gefangene zu sein wie wir. Statt des Zeichens PoW auf der Kleidung hatten sie ja die schwarze Hautfarbe von Natur aus. Es ist wohl an dieser Stelle angebracht zu bemerken, dass Virginia der nördlichste Südstaat ist und die Rassendiskriminierung hier noch üblich war. Ich hatte vier Tische mit je vier Schwestern zu versorgen. Das heißt einzudecken und die Speisen zu servieren. Wir trugen eine weiße Leinenjacke und eine weiße Mütze, sollten eigentlich auch noch eine Schürze umbinden, was aber unsere Eitelkeit nicht zuließ. Es ist wohl verständlich, dass sich bei uns jungen Männern Emotionen und Hormone ins Spiel setzten und wir uns gar nicht darum scheren wollten, dass diese jungen Damen eigentlich mit uns verfeindet sein sollten. Es dauerte auch nicht lange, bis die Schwestern zeigten, dass sie durchaus nichts gegen uns hätten. Man lächelte uns an, bedankte sich bei jeder Gelegenheit, benahm sich ganz normal. Wegen meiner inzwischen gut verbesserten sprachlichen Fähigkeiten, war ich auch bald zum Ansprechpartner des Küchen-Sergeants geworden. So durfte ich auch bei Sonderveranstaltungen bedienen, wie einmal bei einer Tagung von Vertretern des American Red Cross. Außerdem war ich für die Kaffeezubereitung verantwortlich. Dazu musste ich die große Kaffeemaschine rechtzeitig anheizen und die Dosis an Kaffeepulver nach meinem Gutdünken bestimmen. Das gelang mir auch gut. Mein Kaffee wurde gelobt, nur die Oberschwester hauchte einmal nach dem ersten Schluck *„Water, lease!"*. Da hatte sie sicherlich recht, denn ich machte mit Absicht den Kaffee stark, weil wir PoW den Kaffee mit „*Swift´s Vanille Icecream*" zu uns nahmen. Das setzte einen starken Kaffee voraus, wenn es schmecken sollte. Was uns wunderte, war die Tatsache, dass nicht sehr oft Frischfleisch-Gerichte auf den Tisch kamen. Meistens waren es dann Steak, Leber oder Chicken. Dafür gab es aber immer grünen Salat. Gemüse war auch nur aus Büchsen. Leckerbissen für mich waren Austern, die frittiert wurden. Das erinnerte mich an die gebratene Dorschleber, die meine Mutter zu Hause gut zuzubereiten verstand. Was es absolut nicht in der Mess-Hall gab, war Alkohol – in keiner Form. Das lag nicht nur am Krieg, sondern auch an den Bestimmungen der Prohibition. Hier fanden wir ein Betätigungsfeld, um uns bei den Schwarzen noch beliebter zu machen. Wir fingen an, Wein aufzusetzen. Dazu filterten wir den Saft von Obstkonserven ab. Geeignete Hefe fand sich auch in der Küche. Als Platz zum Gären erwies sich der niedrige Dachboden über der Mess-Hall als günstig, denn dort heizte die Sonne tüchtig ein. Ein Qualitätswein wurde es natürlich nicht aber er enthielt genügend Alkohol um einen Rausch zu erzeugen. Damit stieg natürlich unser Ansehen als German PoWs, die einfach alles konnten. Ich weiß nicht, wie lange ich als Kellner beschäftigt war aber eines Tages war Schluss damit.

Langeweile trat deshalb trotzdem nicht auf. Es gab Tischtennisplatten im Lagergelände. Wer wollte, konnte Mannschaftsballspiele machen und was mich besonders betraf, es gab eine gut bestückte Bibliothek, in der man Bücher ausleihen konnte. Darum hatte man sich wohl flächendeckend über die Staaten der YMCA gekümmert. Und was für tolle Bücher es dort gab. Von der Klassik bis zur Gegenwart, von der Unterhaltung bis zum Sachbuch. Mich interessierten natürlich besonders diejenigen Autoren, die die Nazis in Deutschland auf den Index gesetzt hatten. Besonders schätzen lernte ich die Werke von Thomas Mann: *„Der Zauberberg", „Joseph und seine Brüder", „Die Buddenbrooks".* Andere Autoren waren Franz Werfel, Heinrich Mann, Arnold Zweig, Stefan Zweig, Ricarda Huch, Heinrich Heine und viele andere. Es fanden sich auch immer leseinteressierte Kameraden, mit denen man über die Inhalte der Bücher sprechen konnte. Ja, selbst in der Kantine gab es Bücher zu kaufen. Hier erwarb ich mein erstes Buch von Heinrich Heine, dessen Werke die Nazis aus der deutschen

Literatur gestrichen hatten. Typisch bei meinem Kauf war die Bemerkung von zwei zufällig anwesenden SS-Leuten: „Was, das Buch von diesem Judenlümmel willst Du lesen?" Aber so etwas beeindruckte mich schon lange nicht mehr. Ich wollte ja gerade alles das lesen und erleben, woran uns junge Leute die Nazis gehindert hatten. Hier in der Gefangenschaft hatte ich nun Zeit und Gelegenheit dazu. Man zeigte uns auch Filme zu unserer Unterhaltung. Das waren meistens die UFA-Unterhaltungsfilme mit den bekannten Schauspielerinnen und Schauspielern wie Hans Moser, Heinz Rühmann, Jenny Jugo und Zarah Leander. Da es im Lager selbst keinen so großen Vorführraum gab, mussten wir bis zu einem Nachbarcamp in einiger Entfernung marschieren. Das taten wir ganz gerne, denn wir passierten dabei ein Schwarzendorf, in dem wir schon von der Bevölkerung, natürlich am meisten Frauen, erwartet wurden. Kam das Dorf in Sicht, stimmten wir nämlich ein Marschlied an. So etwas gab es in der US-Army nicht, und schon gar nicht so zackig gesungen wie von den *German Boys*. Wenn wir Lust hatten, hieß es dann „Liiiiied aus! Augen rechts! Achtung!" Und wir gingen dann zum

52

Steckschritt über, warfen die Beine hoch wie seinerzeit nicht mal auf dem Kasernenhof. Der Jubel der schwarzen Dorfbevölkerung war uns dieses Theater wert. Dabei übersahen wir natürlich auch nicht die Primitivität und Armut, in der die schwarze Bevölkerung des Dorfes lebte. Ich erwähnte an anderer Stelle schon einmal die Rassendiskriminierung. Offiziell war sie aufgehoben, man konnte schließlich nicht rechtfertigen, dass die Schwarzen zwar gut genug zum Sterben an der Front waren, aber im zivilen Leben den Weißen gegenüber nicht gleiche Rechte besaßen. Aber hier in den Südstaaten gab es noch genügend praktische Beispiele für Apartheid: getrennte Parkbänke, Abteile in öffentlichen Verkehrsmitteln und mehr. Leider hatten wir zu wenig Gelegenheit, gerade diesen Schwachpunkt der amerikanischen Demokratie kennenzulernen.

Apropos Filmvorführungen: Pflicht wurde es nach Kriegsende für uns, die Filme von der Befreiung der KZs anzusehen. Ich sah diese Gräuel zum ersten Mal in meinem Leben und war erschüttert. Ich zweifelte aber auch nicht daran, dass die gezeigten Scheußlichkeiten Wirklichkeit waren. Die meisten meiner Kameraden empfanden es ebenso wie ich.

Leider gab es aber auch viele, die diese Filme für Gräuelpropaganda des „Feindes" hielten um die Bedingungen für die Bestrafung der Deutschen insgesamt zu verschlechtern. Es wurde von diesen Kameraden, meistens Angehörige der SS oder Angehörige von Sondereinheiten, überhaupt geleugnet, dass solche Verbrechen gegen die Menschlichkeit stattgefunden hatten. Es war gut, dass ich zu dieser Zeit bereits keinem Arbeitskommando mehr angehörte denn ich hätte mich vor jedem amerikanischen Zivilisten geschämt. Je mehr sich die Kriegsschuld auf Seiten der Deutschen erwies, umso mehr begannen wir uns mit Fragen der Politik zu beschäftigen. Ich zählte zu einer Gruppe, in der ein Sudetendeutscher das Wort führte. Er war ein paar Jahre älter als ich und war bereits vor dem Anschluss des Sudetenlands in der sozialdemokratischen Jugendbewegung tätig gewesen. Außerdem war er Lehrer und besonders geschickt in der Darlegung von Sachverhalten. Zu unserer Gruppe gehörte weiterhin auch ein älterer Kamerad aus Hamburg. Wie er zugab, war er vor Hitler schon Mitglied der SPD gewesen. Auch ein Österreicher nahm an unseren Diskussionen teil.

Uns beschäftigte besonders die Frage, wie es so weit kommen konnte, dass Hitler an die Macht kam und Deutschland innerhalb weniger Jahre zur militärischen Großmacht aufrüstete und wie es den Nazis gelang, ein ganzes Volk national aufzuputschen und kriegsreif zu machen. Das waren schon Gedanken, die in die richtige Richtung gingen. Ich habe mir viel davon angenommen zum Nachdenken für die nächste Zeit. Wenn ich es recht bedenke, hat meine bis in die Gegenwart bestehende kritische Haltung der Politik und Politikern beliebigen Couleurs gegenüber ihren Ursprung in der fernen Zeit in Ft. Eustis Virginia. Als die Zukunft für uns, für Deutschland noch völlig im Ungewissen lag.

Ja selbst die Siegermächte waren sich nicht einig, was aus dem besiegten Deutschland nun werden sollte. Da war vor allem das Verhältnis der USA zur Sowjetunion. Zunächst feierten die amerikanischen Zeitungen den brüderlichen Waffengang der Russen und der Amerikaner. Man sah in den Zeitungen tolle Fotos von Begegnungen der Russen mit dem GI´s., Fahnen schwenkend, sich umarmend und sich gegenseitig auf die Schultern klopfend. Stalin war in den Zeitungen einfach *„the good fellow Joe"*, der mit seiner Offensive das Gelingen der Invasion der Alliierten wesentlich beeinflusst hatte. Wie erstaunt waren wir daher, als von einem auf den anderen Tag in den Zeitungen ein anderer Ton gegenüber der verbündeten Sowjetunion angeschlagen wurde. Jetzt war Stalin „The bad Joe in the Kremlin", der so gar nicht in die Pläne der Alliierten mit der Zukunft Deutschlands einstimmte, sondern sogar Ansprüche stellte, die für die Zukunft Europas einen beträchtlichen Einfluss der Russen bedeuten würde. Damit hatte eigentlich bereits der *„Kalte Krieg"* begonnen. Noch bevor der aktuelle Krieg beendet war und wieder einmal dampfte die Gerüchteküche. Man munkelte, es seien Verhandlungen zwischen deutschen Generälen und dem Oberkommando der Alliierten im Gange, ob man den Krieg nicht fortsetzen sollte. Diesmal gegen die Sowjetunion, wobei die Reste der deutschen Streitkräfte als Verbündete der Alliierten wacker mitmachen sollten.

Dazu passte ganz ausgezeichnet eine Maßnahme, die aktuell in den Gefangenenlagern durchgeführt wurde. Nämlich die Registrierung von Spezialeinheiten der Deutschen Wehrmacht nach

Kampffliegern, Panzerfahrern, U-Boot- und Schnellboot-Matrosen. Ich bin sicher, dass hierzu bereits weitere detailliertere Pläne vorlagen. Aber daraus wurde nichts. Denn noch war der Krieg gegen Japan nicht vorbei, der den Amerikanern immer noch große Opfer brachte. Offensichtlich hatte sich in der Bevölkerung auch eine Kriegsmüdigkeit eingestellt, die nicht zu übersehen war. Eine besondere Rolle spielten dabei die Frauen, die ihre Männer wieder haben wollten. Es gab genug Reportagen und Bildberichte aus Deutschland, die die amerikanischen Sieger als begehrte Kavaliere für die deutschen Girls (Veronikas genannt) zeigten. Das kam nicht sehr gut an in den Staaten. Es gab Forderungen der Frauen, die deutschen PoW-Boys frei zu geben. Es gab sogar ein Lied, das man zum Schlager in dieser Angelegenheit kürte: „Give me lands, lots of lands … Don't fence me in…"

Ein weitaus wichtigerer Grund allerdings trat nach der Kapitulation Japans ein, als die große Demobilisierungswelle in den Streitkräften der USA einsetzte. Zu viele Kriegsgefangene nahmen den Heimkehrern die Jobs weg. Die *„Trade Unions"* liefen Sturm gegen die Beschäftigung der

Kriegsgefangenen in der privaten Industrie und vor allem in der Landwirtschaft. Unter diesem Druck kam dann auch bald die Repatriierungswelle in Schwung. Bei uns betroffenen PoW verbreitete sich bald der Slogan *„Repatriation is our salvation"*. Dabei hatten wir leider übersehen, dass *„repatriation"* nicht zwangsläufig „Entlassung aus der Gefangenschaft" bedeuten musste. Damit verblieb für uns PoW ein unbekanntes Schicksal für unsere Zukunft.

Dennoch begannen wir damit, uns auf einen Abtransport aus den USA vorzubereiten. Wohin wir in Europa auch kommen würden, überall würde Not und Mangel an allem herrschen. Wir mussten uns also mit Waren eindecken, die man tauschen könnte, die aber auch gut zu transportieren wären, also nicht zu schwer und nicht zu umfangreich. Dafür kämen dann wohl Zigaretten und Tabak, sowie Rasierklingen, Feuersteine und Seife in Frage. Und so deckte sich zunächst jeder damit ein. Denn im Lagershop war von allem reichlicher Vorrat, selbst für den Bedarf von 500 Mann. Vielleicht spiegelt sich diese Zeit am besten wider, wenn ich einige Stellen wörtlich aus dem damaligen Tagebuch zitiere. Ich wähle dazu den 1.Januar 1946:

„Heute am Neujahrstag sind Helmut Hansen und Paul Frankenstein auf Transport gegangen. Beide gehören zu Sonderkategorien, Helmut als altes SPD-Mitglied gilt als Antifaschist, der Vierteljude Paul Frankenstein ist Opfer des Nationalsozialismus. Neidlos und mit vielen Segenswünschen lassen wir sie ziehen. Bei Helmut ist mir, als würde ich mich von einem nahen Verwandten verabschieden. Als enger Vertrauter blieb mir jetzt noch der Sudetendeutsche Erich. Bis Ende Januar machten wir noch unseren Job als Kellner bei der Navy weiter, genossen den Überfluss an gutem Essen in vollen Zügen. Eine schöne Zeit folgte auch danach, als Erich und ich arbeitslos waren und sich niemand um uns mehr kümmerte. Wir hockten den ganzen Tag zusammen, diskutierten, lasen, spazierten im Camp umher und lernten (unter Erichs Anleitung hatte ich begonnen, Russisch zu lernen, ein Lehrbuch hatte ich im Kantinenshop erworben). Ziemlich schnell verging nun ein Tag nach dem anderen. Inzwischen war der Abtransport der PoW richtig in Schwung gekommen. Auch ich bin am 12. Februar '46 auf der Liste eines Transportes. Noch am Abend des gleichen Tages muss ich mit meinem sämtlichen Gepäck ins Base Camp übersiedeln. Zu Tränen gerührt nehmen Erich und ich voneinander Abschied unter dem Versprechen, uns auf keinen Fall aus den Augen zu verlieren. Im Base Camp geht es nun die nächsten Tage munter los: Klamotten abgeben, Gepäck wiegen, Bekleidung mit PW stempeln, Gepäckkontrollen usw. Den größten Teil des Tages und die langen Abende grübeln wir über das Ziel unserer kommenden Reise nach – Deutschland? Frankreich? England? Entlassung in die Freiheit, oder Wiedergutmachung mit Zwangsarbeit? In einem Punkt aber sind alle einig, Optimisten wie Pessimisten: Zuerst einmal heraus aus Amerika, das ist der erste Schritt zur Entlassung. Am 22. Februar feiern wir Abschied von Ft. Eustis mit Kaffee und Kuchen, Gesang und Spielen. Alle sind mit ihren Gedanken schon ganz woanders. So ziehen wir dann am nächsten Tag leichten Herzens mit desto schwererem Gepäck (bei mir im Seesack u.a. 2000 Zigaretten und 20 Stück Seife u.a.m.) zum Bahnhof und fahren nach Camp Shanks, einem Sammelpunkt in der Nähe von New York. Von hier aus gehen täglich Transporte mit 2000 PoW nach Europa ab. Unterkünfte und Verpflegung sind bei diesem Massenbetrieb natürlich recht mäßig. Hier trifft manch einer auf alte Bekannte aus der Vergangenheit wieder. Hier *laufen auch hohe Offiziere umher, u.a. der bekannte General Ramke. Die Parole England taucht auf; wir glauben zwar nicht daran, doch allein die Möglichkeit drückt unsere Stimmung herunter. Am 26. Februar verlassen wir Camp Shanks und werden in New York auf einem Truppentransporter der Victory-Klasse eingeschifft. Wieder geht es vorbei an den Wolkenkratzern von Manhattan, diesmal in umgekehrter Richtung als 1945. Überall hängen die Begrüßungsbotschaften für die siegreich aus Europa zurückkehrenden Gi´s. „Welcome home!" oder „It´s still your Old America!". Noch einmal grüßt uns die Freiheitsstatue. Im Dunst verschwindet schließlich die Silhouette der Stadt, die Erinnerung an Amerika wird für immer in uns bleiben, das ist gewiss. Mit jedem Tag wird sich jetzt unser Heimatkontinent nähern, Europa wird mehr und mehr zur Realität. Aber wo werden wir dort landen? Auch diese Frage wird von Tag zu Tag aktueller. Die Matrosen sagen alle, dass wir für Hamburg bestimmt sind. Das beruhigt zunächst wohl jeden von uns. Die Tage auf See fliegen nur so dahin, stundenlang stehe ich tagsüber an der Reling, starre ins Wasser, als ob dort die Antwort auf meine Fragen zu finden sei. Werde ich meine Eltern, meiner Schwester lebend wiedersehen? Wo werde ich künftig leben müssen,* nachdem die Polen uns Deutsche aus unserm Land vertrieben haben. Wie werde ich einmal meinen Lebensunterhalt verdienen? Usw.usf. Da kommt plötzlich von ganz oben am 6. März eine neue Nachricht: Unser Zielhafen lautet Antwerpen. Das löst natürlich eine gewaltige Unruhe aus. Einige wollen wissen, dass im Belgischen Boden noch Millionen an Minen liegen, für deren Räumung gerade wir eingesetzt werden sollen. Dann endlich am 8. März entscheidet sich unser Schicksal, wir laufen tatsächlich in den Hafen von Antwerpen ein. Als Begrüßungselemente leuchten uns Spruchbänder entgegen. Für uns ehemalige PoW sind sie nicht bestimmt, was immer man daraus auch entnehmen kann. Zwei Beispiele muss ich mir merken „Früher hatten wir die Mäuse im Land – heute haben wir die Ratten!" und „Der deutsche Michel kommt wieder mit Hammer und Sichel." Das klingt zumindest nach Enttäuschung über die aktuelle Lage in der Gegenwart. Was uns aber wirklich Angst macht, ist die Tatsache, dass zu unserm Empfang als Bewachung keine Amis, sondern „Tommies" am Pier auf uns warten.

# Nachwort:

Ich schließe hier erst einmal meine Erinnerungen ab, denn es beginnt ein neues Kapitel der Gefangenschaft, die mir über weitere zwei Jahre Gelegenheit bieten sollte, über die erlebten Geschehnisse in diesem schrecklichen Krieg nachzudenken, mir darüber einen festen Standpunkt zu bilden, um in der Freiheit dann durch mein Zutun für eine bessere Welt zu leben und zu arbeiten. Ich kann vorwegnehmen, dass ich diese Zeit genutzt habe, um mir über wichtige Fragen zur politischen Einstellung klar zu werden, dass ich aber auch mich selbst von den Resten des NS Giftes in meinem Bewusstsein befreit habe. Ich kann auch heute nach über 70 Jahren noch feststellen, dass diese zwei Jahre der erneuten Besinnung wesentlich dazu beigetragen haben, mich auf das Leben im Nachkriegsdeutschland vorzubereiten und mir die Kraft verliehen haben, mich darin zu bewähren. Darüber werde ich in neuen Aufzeichnungen berichten, denen ich den Titel geben werde:

„Badegast ihrer Majestät der Königin von England 1946 – 1948".